동해 소금길

시로여는세상 시인선 039

동해 소금길

이애리 시집

시로여는세상

시인의 말

쌍둥이돼지국밥에 별 눈물을 말아먹고

「소돌항 눈사람」을 품었습니다.

앞을 볼 수 없던 눈먼 시절에도

시는 입덧하며 소금꽃으로 피어

『동해 소금길』이 태어났습니다.

순산하도록 도움 주신 분들께

연연娟娟한 해연풍 한 잔

대접하겠습니다.

2019년 여름, 동해 소금길에서

이애리

차례

2부

3부

4부

1부

묵호항

바닷가 애인의 안부가 불통일 때가 있다

해무가 덥석덥석 와 훼방을 놓거나
왁자한 해풍에 그만, 한쪽 옆구리 맥없이 내줄 때
집어등 촉수 없이 회항하는 고래의 등뼈처럼
애인의 깊은 시름을 들여다볼 때
항구의 허벅지든 수변공원이든
술 한됫병 뒤집어쓴 채로 함묵하고야 마는
동해안 등대오름길 아래 묵호항

등대 불빛이 지척에 있으나 코앞이 까막바위다

불콰한 부홍 횟집 네온사인만 밤새 출렁대고
격정적 덤불 해무에 이끌려 불면의 새벽까지
애인의 아침 해는 떠오르지 않는다

파도 난간에 묶인 푸른 쓰레기봉투 몇 장이
간헐적으로 빈 술병을 더듬고 있다

이윽고

해안단구와 동해바다를 안고 달리다 보면
잠시 오르막길 7번 국도 갓길
화비령이 정동진 바다를 부둥켜안는다

봄 바다는
사춘기 딸아이 젖망울처럼 풋풋하고
정동심곡바다부채길 뼝대에 핀 진달래가
갓 초경을 시작하는 곳

고성목 등대 허리엔
하슬라아트월드가 꽃 정원을 이루고
망부석이 된 썬크루즈 뱃머리는
물끄러미 정동진역을 내려다본다

인생살이가 고성목 등대처럼 우두커니가 될 때
누구나 꽃씨 한 봉지 손에 들고
숨결 느껴지는 사람의 바다에
꽃씨를 뿌리자

바다에서 무슨 일이 생겼다
— 첫사랑

그해 9월 15일 가을비 오는 아침
아랫마을 주연이 오빠에게 홀망해
우린 동해안 윤슬 바닷가에 갔습니다
난생처음 심장이 콩닥콩닥 뛰었습니다

비에 젖은 바다 깊은 곳에서
꽃대가 솟아오른다는 걸 알았습니다
처음 안겨 본 주연이 오빠의 품에서
바다 냄새가 났습니다

7년이란 연애 기간 동안
해당화를 꺾어 바다에 던지며
이별의 고비도 몇 번 넘기는 사이
진혁이와 다솔이가 자라는 사람의 바다

한 번 더 오빠에게 홀망해서
그 바다에 무슨 일이 생기면 좋겠습니다

남항진 애너벨리

하염없이 밀려오는 해연풍을 어쩌지 못해
애너벨리 카페에서 노을을 바라봅니다

사랑이 한철 피었다 지는 꽃처럼 짧다면
죽도봉 대나무처럼 세월 묶어 두렵니다

차마 하지 못한 말 푸른 등살을 보여주며
꽃등 내걸고 밤새 '솔바람다리' 위에서
찬란한 일출을 함께 보자는 약속이지요
지금 남항진 바닷가엔 푸른 물고기들 몰려와
별꽃 그물에 생명의 알을 산란하고 있습니다

해당화 피고 공손한 사랑이 찾아든 계절
동해 바다를 닮은 그대가 어린왕자이지요
사람과 바다가 만나면 모두 사랑이 됩니다

해누넘 바닷가

소금 대야를 머리에 인 원평리 노을
해안가 모래톱에 포말처럼 녹아드는 곳

사랑할 때 그 사람에게 온전히 소금이 되어
흔적도 없이 녹아들 줄 알아야 된다는 것
선왕산 해넘이하는 모습에서 알게 된다

삶의 묵직한 소금 지게 짊어지고
오십 평생 앞만 보고 달려온 세월
소금짐 내려놓고 해누넘에서 쉬다가
오른발 복사뼈 아래 혹이 더 커져도
측근처럼 여기며 천천히 아파하자

해가 질 무렵 바다와 하늘이 맞배지붕처럼 닿고
잘 익은 무화과를 갈라놓은 듯 사랑의 바다
하누와 너미가 딱 거시기하기 좋은 곳
전남 비금도 해누넘 바닷가를 아시나요

순포 점박이물범

물회로 유명한 주문진 사천항 가기 전
달구경 하기 가장 좋은 순포 바닷가에
점박이물범 내외가 살았습니다

낮에는 오리바위와 왜가리바위를 오가며
지누아리 난바다곤쟁이 고래와 자맥질하고
밤엔 가시연잎배 타고 경포대에 올라
그대 눈동자에 뜬 달과 고누놀이를 합니다

언제부터 물범이 놀던 바다는 사라지고
불온한 사람의 개발공사로 하여금
그 많던 오징어 명태도 보기 힘듭니다

들리는 기별엔 우리땅 독도에 살기도 하고
동해안 대해산 대화퇴에 살고 있다고
순개 마을에 반가운 소식 들려오곤 합니다

언젠가 점박이물범이 다시 돌아오는 날
순포리는 순채같이 푸른 봄마중 하겠지요

소돌항 눈사람 1

바다를 사랑하지 않았습니다
바다를 떠나와서야 그리워하게 되었습니다
울퉁불퉁한 파도 재우며 살아오는 동안
손목 꼬옥 잡아준 소돌항 눈사람

용광로 같았던 지난여름
느닷없이 눈은 나를 알아보지 못했습니다
다행히 몸이 나를 기억하며 지내던 한 달간
바다가 보고 싶어서 몸으로 찾아간 소돌

사람을 기다리면 첫눈이 먼저 옵니다
첫눈을 기다리는 사람은 슬프다는 말입니다
그래서 눈사람의 눈물은 별이 되어 태어나지요

소돌항에 첫눈 내리던 날
눈사람 키가 세 뼘은 커졌습니다
첫눈 내려서 한 뼘, 목이 길어져서 한 뼘
마음이 풍선 되어 한 뼘
사랑을 하면 눈사람 키가 더 커지겠지요

소돌항 눈사람 2

첫눈 오는 날 소돌 바다에 가면
거기 당신이 눈사람 되어 마중합니다
어깨에 쌓인 눈송이 녹아내리기 전에
별빛으로 손수 만든 목도리를 건넵니다

소돌 등대조차 흐려져 눈 보이지 않고
바다 색깔도 검어지다가 캄캄해져서
바닥에 주저앉아 나는 깡소주를 마시고
당신은 내 눈물을 마셨습니다

앞을 못 보는 처지에서 할 수 있는 건
새장가 가는 게 좋겠다고 맘에 없는 말 던지고
눈을 뭉쳐 소돌 바다에 던졌습니다

절벽 같은 어둠을 키우며 살던 내게
밤새 함박눈 맞으며 제 꿈을 키워준
숫눈길 당신을 사랑합니다

소돌항 눈사람 3

대관령 반정에 참매미 노래가 없었다면
가난한 시인의 집 아랫목에 연탄불이 없었다면

내 인생에 눈사람 당신이 없었다면
밥벌이 안 되는 시인으로 살 수 있었을까

동해 바다 해심海心이 없었다면
당신께 감동 받으며 사랑할 수 있었을까

배나무골 돌배주를 눕히지 않았다면
'소돌항 아들바위'를 낳지 않았다면

슬픈 날 베토벤의 '비창'을 듣지 않았다면
엘리자베스 퀴블러의 '상실수업'을 읽지 않았다면

첫눈 오는 날 그대가 오지 않았다면
소돌항 눈사람 시가 태어날 수 있었을까

토종 다시마

— 해녀 오용분

바다도 봄이 오면 꽃멀미를 하지요 포말이 하얗게 일거나 거센 파도가 덮칠 땐 갓 임신한 어미 속처럼 울렁울렁 창자가 다 쏟아질 것 같아요 그때마다 찬장에 잘 봉해 둔 다시마튀각을 바삭바삭 씹으면 입안 가득 바다향이 퍼지고 바다 멀미가 멈추었어요

동해 바다도 바닷물 반 다시마 반 하던 시절이 있었지요 토종 다시마는 수많은 바닷가 생명의 보금자리자 안식처지요 바다를 내 집 드나들 듯하며 집어등 밝히고 오징어 배가 들어오면 아낙네들은 고무다라이를 이고 항구로 달려가곤 했어요

창경바리 어부들은 홍수처럼 밀려오는 다시마를 배어 실어 날랐고, 해녀와 머구리들은 다시마 귀를 잡고 건져 올리기에 하루해가 짧았어요 그런데 토종 다시마가 점점 동해 바다에서 사라지면서 다시마 채취를 하던 어민들은 터전을 잃게 되거나 심지어 보따리를 싸서 외지로 떠난 사람도 많아요

무분별하게 토종 다시마 채취를 함부로 한 사람들의 책임이 크고요 기후의 변화와 바닷물의 수온 차도 영향을 준다고 봐요 다시마가 사라져가는 동해안 바닷속 풍경은 도루묵 산란장도 파괴되어 가고 갯녹음이 짙게 우거져 물고기들 산란이 어렵고요 해안 침식이나 무분별한 모래 채취도 영향을 주죠

파도가 세게 한번 치게 되면 거짓말 눈곱만큼 보태자면 토종 다시마가 백사장 해안가에 거대한 푸른 산처럼 쌓이곤 했어요 다시마가 우리들 밥상에 밤낮없이 오르내리던 식재료였어요 동해 바다에 토종 다시마가 부활하는 그날까지 우리가 할 일은 다시마 종자를 심고 가꾸는 일도 중요하지만, 바다 환경을 제자리로 돌려놓는 게 가장 먼저인 것 같아요

첫 아이를 임신하고 입덧이 심한 날, 토종 다시마에 밥 한술 떠서 쌈을 싸서 먹으면 입덧은 금방 사라지고 뱃속

아이는 꿈틀꿈틀 신호를 보내오던 그 젊은 날의 추억처럼 동해안 대해산 대화퇴에 토종 다시마가 줄줄이 출렁거리면 좋겠어요

남애리항*

그대 오기로 한 날
마음은 부레처럼 들떠 달려간 남애리
그대는 보이지 않고
하얀 갯방풍꽃이 발목을 붙잡는다

이미 남의 사람이 된 남애리
이미 남의 아내가 된 남애리
남애리 항구에 정박해서 애를 주렁주렁 낳고
남의 여자로 사는 남애리

늦은 사랑아
붉은 가슴새처럼 눈시울 붉히며
가슴 무너지게 더 울 일을 만들지 말고
딱 하루만 울컥울컥 소주 털어 넣으며
남의 여자 이애리를 잊어 주오

* 남애리항: 강원도 양양군 현남면 남애리에 있는 항구.

별빛 흐르는 밤

명사십리 모래밭에 기적 소리 흐르는 망상역

그 간이역 대합실에 잊혀진 통표가 서 있다

사람의 발길 무성한 대합실 간이 의자엔

별빛 흐르는 시 한 잎이 당신을 마중하는 곳

망상역 철길 위 지붕이 있는 철도연수원과

어달리 바다가 간격을 두고 지내는 동안

당신과 내 거리에도 별빛 틈이 조금 생겨서

닭똥 같은 눈물과 통속적인 이별 대신

그대 품에 나를 가두고 별을 따서 삼킨다

바다학교 모자반*

혹시 들어보셨나요
나는 동해안 바다학교 모자반에 다니는
'이모자'라는 아이입니다

내 몸은 뿌리와 줄기 잎 구분이 뚜렷한 갈조류
해조숲을 이루는 종이기도 하지요
수온이 내려가는 겨울과 봄철에 주로
동해안 바닷가에 서식해요

수온이 높아지는 여름과 가을엔
내 삶이 흔들리기도 하죠
여름엔 연안에 서식하다가 길을 잃으면
해변으로 밀려오기도 해요

어릴 때는 1년을 살지만
주로 3, 4년은 거뜬히 살지요
왜 사냐고 물으면 당신이 더 잘 알잖아요
어패류나 갑각류 등의 해양 생물의 서식처

특히, 동해안 연안에 많이 잡히는
도루묵은 나에게 알을 산란하지요

나는 말이죠, 갈조류가 바다 숲을 이루어
치어들의 산란처요, 성육 장소가 되고
바다의 생산성을 높이는데 일조를 해요

나는 남자와 여자가 되는데 있어서
배우체를 거치지 않아요
내 몸체에서 바로 만들죠
한 몸에 암수가 같이 있다는 게 특징이죠
실은 내 몸에 당신이 영원히 함께하는 거지요

난 제주의 향토음식 '몸국'을 끓이는데 쓰이죠
몸은 조류인 모자반의 제주도 방언이래요
그러니까 모자반과 돼지고기가 들어가는데
어부들이 거센 해풍과 싸우기 위해 먹었던 국이죠

나는 동해안 바다학교 모자반에 재학 중인
'이모자'랍니다 내가 다니는 바다학교
모자반에 바다 공부하러 오세요

* 모자반: 갈조류로 몸체가 크며, 우리나라 연안에 해조숲을 이루는 종이며, 참모자반은 식용이 가능하며, 알쏭이 모자반은 어류의 산란 서식처.

별지누아리 바다 사근진

갈매기보다 별지누아리가 먼저 자라는 곳
사람이 가장 먼저 지누아리 맛에 빠지는 바다
몸 먼저 육지의 경계를 허무는 사근진 바다
사근작사근작 씹으면 오도독오도독 터지는
별지누아리 맛이란

한 사나흘 사근진 바닷가에 머물며
고봉밥에 올리고 싶은 별지누아리 장아찌와
흰 양떼를 몰고 온 파도와 별빛 데려와
파도 꽃병에 느리게 별지누아리 담으며
가난한 시인은 밥상머리에서조차
두 번째 시집 '동해 소금길'을 궁리한다

그동안 별지누아리를 모르고 살았다
그동안 사근진 바다가 어딘지 모르고 지냈다
그동안 사랑을 멀리하고 살았다

주문진 해녀
— 섬이

거센 해풍을 잡아넣은 문어 망태기
숨 가쁘게 쇠미역 머릿결 만질 틈도 없이
푸른 휘파람 몇 번 허공에 긋는다

치열한 바닷속을 더듬었을 노역
가랑잎 꼬마거미처럼 작게 바람 앞에 서고
목숨 끊어갈 거친 파도 앞에서도
생의 밧줄 놓지 않았다

아기가 칭얼대도 미역귀 물려 재우고
주문진 바다에서 평생을 물질한 해녀
비린내를 알불 같이 귀히 여기며 살다 간
주문진 해녀 섬이를 기억하나요

* 섬이 : 주문진에서 물질하며 살았던 조선시대 해녀.

2부

당신과 나 사이엔 우두커니가 산다

해풍이 막무가내 불어도 꿈쩍 않고

우두커니 남향진 바다만 보고 있다

여름 한 철 피었다 지는 사랑이 안타까워

여름 한 철 피었다 지는 꽃이 허전해서

당신과 나 사이엔 함부로 사랑한다는 말

무턱대고 하면 안 되는 말이다

당신과 나 사이엔 헤어지자는 말도

함부로 꺼내서는 안 되는 말이다

다람쥐눈물고개*

어느 특강에서 유언장 쓰기를 하는데
막상 유언장에 무엇을 적어야 할지 막막했어요
그대랑 한날한시에 이 세상과 이별하겠노라 적었소

우리가 앞으로 50년을 더 살 거라고 가정하고
함께 살지 말지를 당장 정하지 말고요
우리 서로 손목 꽉 잡지도 말고요
서로 등을 바라보며 다람쥐눈물고개를
한번 오르고 난 다음에 결정하기로 합시다

단발머리 나풀거리며 멋모르고 시작한 사랑
간간히 눈물주머니 달며 그대가 아니면 안 된다고
끈덕지게 매달린 적도 있고요, 돌아보면
당신이나 나나 첫 남자 첫 여자였어요

그래요, 앞으로 50년 더 함께 살기로 합시다
대신 당신이 나의 살구 같은 여자로 살아주오
내가 당신에게 머슴 같은 남자로 살고 싶어요

세상에 당신만큼 한 남자가 또 있을까요
당신께 미안함이 많아 당신만의 남자로 살면서
그동안 못 해준 것들 해주고 싶어요
그러다 하늘에서 부르면 당신을 업고 가겠어요

다람쥐눈물고개를 함께 오르내렸던 젊은 날
그 산행처럼 그렇게 천근만근 걸음이 아니더라도
언젠가 우리에게도 이 세상과 작별의 시간이 온다면
당신이 나를 앞세워 함께 작별하고 싶어요

* 다람쥐눈물고개: 강원도 삼척시 도계읍 한내리에 있는 고개, 저승골을 오를 때는 다람쥐도 눈물을 흘릴 정도로 힘이 드는 고개라 함.

감잎차

어릴 적 감나무에 올라가 홍시를 따다가
팔 부러진 사촌 월숙이를 생각하며 감잎을 딴다

따배감 나뭇가지에 매달려 꾸벅꾸벅 조는
우듬지 낮달도 대바구니에 담고
소꿉놀이를 하다가 수가 틀리면 소꿉상을
발로 차던 이웃집 성랑이 심술보도 담는다

뜨거운 솥에 감잎을 쪄서 덖기를 반복하는 사이
소쩍새 울고 봄 개구리가 노래하는 사이
졸고 있던 낮달도 뜨거움에 보이지 않고
어둑어둑한 가마솥엔 부엉이 소리만 하얗다

친구에게 감잎차 덖는다고 안부 문자를 보내는데
감잎들 모두 고향 감나무 곁으로 가버렸다

감잎차를 덖다 말고 내 마음도 덩달아
학이 노닌다 간다는 서학골로 가고 있었다

화비령

내가 소녀였을 적에
그대가 소년이었을 적에
진달래를 꺾으러 화비령에 갔었지
사람 간만 빼먹는다는 꽃문둥이를 만날까
두려워하면서

누구든 화염 속에서 타오르고
재가 되어 가다 보면
화비령을 만날 수 있을 거야
진달래를 꺾어 바치던 헌화로 소년에게
다가가 다문다문 꽃비 하염없어라

동해 바다 뱃길을 낸다 한들
청학산 지나고 밤재휴게소에서
가쁜 호흡 한아름 몰아세워 보니
밤꽃 그윽한 그 화비령만 기억하라 하네

안묵호 덤불해무

적막에 갇힌다, 고단했던 발가락 사이
6월 해무에 안묵호 전부가 가막덤불이다

초록봉 개미들 산허리를 오를 때부터
두타산 칡부엉이 마실로 내려올 때부터
대책없이 덤불해무는 오고야 말았다

그래, 이렇게 갇혀 얼마간이어도 좋다
막막함과 적막하게 여든일곱까지 살자

물결무늬 문신을 서로의 가슴에 새기며
묵호역 일곱 번째 장미넝쿨 발목까지
해무를 껴안고 당신이랑 뒹굴며 가자

8월 19일 첫 입술 준 묵호역 장미가
눈에서 더욱 선명해지고 있다
막무가내로 미친 것처럼 막막하다
해무가 찔레꽃 덤불처럼 하얗고 황홀하다

아우라지 단풍열차

서리 내리는 상강 무렵

정선 아우라지 단풍열차를 타자

주머니엔 너그니재嶺 단풍 엽서 몇 장 담고

연애 소설 한 권 몰운대 옆구리에 꽂자

꿈쩍도 하지 않는 몰운대 절벽 위에

500년 풍장으로 견뎌 온 고사목 한 그루

하느님의 성경 말씀처럼 웅숭깊다

소돌항 아들바위

철갑령 우직한 소들이 워낭 소리 울리며
우암진 나루터 소돌에 이부자릴 편다
빨간 소돌 등대 불빛도 눈감아 주는 곳

제주에서 시집온 임 할머니
마당에 금줄 치고 백일기도 끝에
떡두꺼비 같은 아들 잉태한 소돌항 아들바위

서낭당 옆 해당화 신목神木은
몇 번이고 고맙다며, 복사꽃 나뭇가지
뭉치를 흔들며 치성드린다

마음보다 몸 먼저 품어주는 바다
이참에 아들딸 구별 말고
소돌항 딸바위*라도 덜컹 수태한다면
열 달 후, 황소 눈처럼 둥그런 아기가
바닷가에 뛰노는 옛 우암진항

* 소돌항 딸바위 : 강릉시 주문진 소돌항에 있을 법한 상상 속의 딸바위 이름.

정동진 첫눈

화비령 밤재 밤송이 가시처럼
을씨년스럽게 말문 막히게 한 늦가을
정동진 등명락가사에 간다

억새처럼 깡마른 하늘에 눈꽃이다
일기예보에도 없던 첫눈이 그렁그렁 온다

등명사지오층석탑의 연화무늬처럼
눈매가 선한 배롱나무 한 그루가 서 있는

괘방산 달 그림자로 남은 헛헛한 사랑
정동진 첫눈을 여기서 우연히 만나고

비껴간 인연의 골짜기에 첫눈이 오려나
눈발이 점점 거세지고 있다

장수공깃돌바위*

동해에서도 바다와 가장 먼 동네 서학골
고등학교를 졸업할 때까지도 전깃불이 없던
호롱불 아래서 코 까매지도록 귀신놀이와
장수공깃돌바위가 어릴 적 놀이터였다

달방댐 지나서 가장 서쪽인 동네
예쁜 달구경 가자고 손목 끌던 어머니는
여름 원추리꽃 피던 계절, 흰 고무신 신고
아버지 따라 하늘나라 가셨다

곡우穀雨 내리는 밤, 아버지와 막걸리 한 잔
나누기를 즐겨하며, 흥이 많던 우리 어머니
장수바위에 쪼그리고 앉아서 달래 냉이
두릅 다듬던 엄마 대신 코고무신 한 켤레만
밤송이를 몇 년째 품고 있다

*장수공깃돌바위: 강원도 동해시 서학길 832번지에 있는 바위. 옛날에 장수가 공기놀이를 해서 장수바위에 공깃돌을 올렸다고 전해짐.

장수고인돌바위

첫 추억은 예닐곱 살로 기억해요
장수고인돌바위 수염을 만지며 놀았고
어머니가 만들어준 쑥떡을 가져와
쑥덕쑥덕 떡 자랑을 하며 놀았어요

어릴 적 받아쓰기를 못 하거나
국민교육헌장을 다 외우지 못 하는 날
아버지의 불호령으로 집에서 쫓겨나면
하모니카 소릴 들려주며 달래주었지요

아이들과 놀다가 꼬집혀서 집어 오면
순복이 순딩아 내 별호를 불렀지요
감꽃 목걸이 걸고 장수고인돌바위에 앉자
징을 울리며 콩밭에 새를 쫓던 고향 풍경
찰옥수수밭 같은 부모님 품이 그립습니다

용화암그림바위

찬물내기 작은 용소 갈 때는
숨소리 발걸음 소리도 내면 안돼요

구름 속에서 잠자던 아기 용이
깰지 모르니까요

어린 용이 하늘로 승천의 꿈을 키우며
가파른 뺑대와 용소 절벽을 날아오르며
큰 용이 되려고 연마하는 곳

용화암그림바위에 가서 쉴 때는
물속에 놀고 있는 개구리알 구경만 하고
그냥 고요히 가세요

장수샘물웅덩이

아버지가 오소리를 잡는 날
정대 오빠가 토끼를 잡는 날
노란 양은주전자 들고
장수샘물웅덩이에 샘물 뜨러 간다

큰 언니 일찍 시집가서 남의 사람 되고
둘째 언니 방직공장 돈 벌러 서울 가고
오빠는 태백 외삼촌댁에서 유학하고
공부는 뒷전이던 막내는 집안일 잘해서
샘물 기르러 안 간다

우리 집 잔심부름은 셋째인 내 몫
장수샘물웅덩이에 물 길으러 가는 길
밤다람쥐 청설모랑 참밤을 줍기도 하고
서낭당 제단에 차려진 곶감을 훔쳐 먹기도 한다

아버지가 약주를 많이 마신 날이면
속풀이로 장수샘물 한 사발을 마신다

어머니는 자주 배앓이를 했는데
처방전으로 장수샘물 한 사발을 마신다

오빠와 나도 오소리 뒷다리 뜯다가
장수샘물 벌컥벌컥 마시며 짠 내를 비운다

부모님에게 늘 아픈 손가락이던 막내
어릴 적에 샘물을 많이 마신 탓일까
이불에 지도그림을 그려서 키를 뒤집어쓰고
선미네 집에 소금 받으러 가곤 한다

겨울 서학골

처마 서까래에 곶감 분이 하얗게 피면

서학골에 일찍 첫눈이 온다

땔감 짊어진 아버지 지게에 굴뚝새가 앉고

서낭당 앞 금줄이 골바람에 흔들린다

눈이 푹 빠진 겨울 서학골은 감감해서

눈사람조차 적막강산이 되고

아버지의 군불 냄새만 골말에 퍼진다

경포호 옛 이름

— 경호

바다가 보고 싶어 강릉선 KTX를 타면
동창생 순희는 경포 달처럼 환하게 반기고
볼우물이 예쁜 경애는 순긋 노을처럼 붉어진다

가뭇가뭇 콧수염 오르던 중학교 시절
담임 선생님 손에 이끌려 심었던 벚나무에
참매미 노래가 주렁주렁 매달려 오후를 즐긴다

아버지 막걸리 심부름에 '경호 슈퍼' 가는 길
단오 청자 은하수 같은 담배꽁초도 피워보고
가끔은 학교 담벼락에 책가방을 던져두고
남대천 개울에 가서 천렵과 멱을 감는다

어릴 때 불렀던 경포호의 옛 이름
경호鏡湖 석호 감호鑑湖를 기억하는지
고향 선배 형익이 형과 친구 혁순이 헌교와
영희 미현 애리 이름 기억 못 하는 날 온대도
죽고 못 살 것처럼 행복했다고 이야기하자

안돌이지돌이다래미한숨바우는 다정하다
— 정선

명주꾸리를 짊어지고 도토리를 줍는 둥 마는 둥 백복령 고개 넘어 정선군 숙암리 안돌이지돌이다래미한숨바우 당신 만나러 가는 길, 북평면에 있는 장열리 마을 꽃밭재에 전해오는 이야길 하나 하지요

얼음굴이 있는 진달래꽃 지천인 꽃베루재에는 얼굴이 하지 감자 같이 허옇고, 옥수수 대궁이 키에 울퉁불퉁한 참꽃 문둥이가 살았다고 하는데, 진달래꽃 따 먹는 어린 애 간만 빼 먹는다고 해요

봉화치 안쪽에 있는 큰바우 얘기도 덧붙이자면 남자 거시기처럼 생겼다고 해서 좆바우라고 부르기도 하고, 진짜 부르기가 남사스러워서 상투바우라고도 해요

조양강을 껴안은 나전리엔 백석폭포가 있고, 배미마을 뒤 민둥산을 언나가리왕산이라고도 불러요 고시 금곡 내곡 단임 대기 병골 우전 장재터를 합쳐서 숙암리라고 하는데, 丹林골 벗밭엔 단풍별 천지죠

장구목이, 잘뚝모가지, 내미구미 물굽이 길과 귀함지골의 또 다른 이름인 개투말골도 지나야 해요 특히, 흐리목이에는 흘리향이라 불릴 만큼 들꽃이 많은데, 홀아비바람꽃에 덜컹 발목 잡혀도 좋아요

그댈 만나기 위해선 가파른 몰운대 뼝대만큼 한 절벽을 계룡잠 자듯 위험천만한 길인 양 자청해야 해요 한숨바우에 들기 전 먼저 다래미는 한숨부터 쉬지 말아요

안돌이는 바우를 껴안고 가까스로 지나는 길인데, 지돌이 바우를 등지고 겨우 돌아가는 벼랑 끝이면 어때요 정선군 숙암리 안돌이지돌이다래미한숨바우처럼 순박한 동네, 사람들 만나기만 해도 아우라지 강처럼 어우러지는 아라리 정선

3부

별 보러 가자고 보채는 애인
— 순긋 바다

파도가 귀엣말하는 경포 끄트머리 해변
멈춘 심장 뛰게 하고 달빛도 환장하는 밤
느닷없이 별 보러 가자고 보채는 애인 등쌀에
못 이기는 척 순긋 바닷가에 머물러도 좋다

오늘밤 애인이 묵기로 한 '별 민박집' 창가엔
순채같이 푸른 몇 잎의 따스한 말이
추운 사람들의 심장을 어루만져 주는 곳

덕분에 바닷가에 공손한 사람이 정박하고
별 볼일 없이 살아온 내게
푸르게 쏟아지는 순긋별 함께 보자고
난생처음 사랑한다는 말
마지막 사랑이 될 것 같다고
순긋 바다가 화답하는 밤

별 보러 가자고 보채는 애인 한 명쯤
순긋 바닷가에 숨겨도 좋겠다

안반데기 마을

하얀 감자 자주 감자꽃 곁으로
숫총각 팔뚝 같은 무들이 걸어 들어오고
안반데기에 옹기종기 배추들 서로 기댄다
별님과 달님도 놀다가는 하늘땅 마을

누군가를 용서해야 할 일이 생긴다면
안반데기 마을에서 묵으며 용서하자

햇감자가 마당에 맘대로 굴러다녀도
씨감자는 무턱대고 심는 게 아니다
부정 타지 않도록 피득령을 오르내리며
갓 태어난 햇강아지마냥 순박해야 해

누군가를 사랑하게 된다면
이마를 마주하고 멍에전망대에 올라
고루포기산처럼 공손한 사람이 되겠네

손목

버들강아지가 기지개를 활짝 켜는 날
그대 손목을 잡고 칠봉산을 오른다

가파른 산행에 손만 잡았을 뿐이라고
죽 못 살 것처럼 빛나는 연애 시절이 있어
강산이 세 번 바뀌는 동안 아가들은
지 앞가림할 나무가 되어 간다

사는 동안 산들바람이 좋아
나비춤 추다 태풍전야 맞은 적도 있지만
그댈 만나 좋은 일이 많았고 배움에 목말라
불혹에 박사 졸업하고 대학 강단에 섰다

당신과 함께 걸어온 인생 삼십 년 세월
고마웠다고, 이 말 고봉밥처럼 하고 싶었는데
하산 길에 발 헛디뎌 손목 다치고 나서
면목 없이 봄 내내 호강한다

낙산사 홍련암

한계령 단풍같이 고운 사람과
낙산사 홍련암 대숲 소리 들으러 간다

정암해변 조약돌이 동그마니 따라오며
홍련암 바람 소리를 듣느라 여념이 없다

대숲의 바람을 그대 가슴으로 전해 들으니
살랑 사랑 바닷바람 사랑 살랑 산들바람

절에서 준비한 팥시루떡을 서로 입에 넣어주며
한계령 단풍 속으로 숨어들었다

순비령*

이순원 작가의 은비령을 읽고 나서
삼부연폭포 지나 순비령을 생각하네

죽을 만큼 사랑하는 한사람 쯤
심장에 담으며 살아가다가
혹시라도 아내에게 남편에게
마음 들키기라도 한다면
돌팔매와 욕바가지 먹는 한이 있어도
원방재 이기령 더바지길 금곡동계곡
순비령에서 저물어 가자

봄에는 참꽃을, 여름에는 머루 다래
가을에는 으름 가래 송이 잣을 따고
겨울에 들어 순비령에 함박눈 내리면
더할 나위 없이 함께 눈사람 되리

* 순비령: 강원도 동해시 동해 소금길 이기령과 백복령 사이 상월산 자락의 상상 속 고개(嶺).

안목항*

해무로 앞을 가늠할 수 없던 시절이 있었다
당신은 싱싱한 몸 출렁이는 청춘의 바다
여든에 찾아가도 다 품어줄 드넓은 바다
심장에 구멍이 숭숭 뚫린 날은
당신 품에 무작정 달려가 정박하자
당신은 어마어마한 힘 솟는 사람의 바다
당신은 '하슬라역 커피'로 성장하는 바다
당신은 결혼을 약속하는 사랑의 바다
당신 곁에서 경포호 다섯 개의 보름달이
떠 있는 '희애별 커피'를 마시며
환희의 강릉항에 정박하면 좋겠다
개발논리로만 앞서는 당신이 아니기를
강릉항의 옛 이름 안목항 당신이랑
서로 감동하며 천천히 늙어가겠네

* 안목항: 강원도 강릉시 송정동에 위치하는 항구이며, 2008년에 안목항 이름을 강릉항으로 변경.

하늘말나리

한꺼번에 확 피지 않고는 못 배기는
그런 중복 무렵이었을 거야

가릉빈가* 한 쌍이 와락 뛰어든다
대책없이 심장 뛰는 꿈속 메타포

그 여름은 격정激情으로 뒤척였고
불국사의 밤은 얼음인 내 심장을 녹이고
천둥소나기 다녀간 후 무지개가 피었다
이대로 꿈속에서 천년만년 살고 지고
그대 첫사랑이자 마지막 사랑
하늘말나리 뭉클하게 피었다

* 가릉빈가 : 사람의 머리에 새의 몸 형상을 한 상상속의 새인데, 극락에 깃들어 산다고 해서 극락조 혹은 가빈조라고도 함.

허구한 날

여고시절 푸른 꿈을 나풀거리며 지냈고
우리들은 삼척동자랑 함께한다

대여섯 평 남짓한 선술집, 허구한 날*
술집 주인 그녀의 농담 섞인 욕은 마른안주
문어숙회 한 접시와 그녀 걸걸한 입담에
소주 몇 병은 게 눈 감추듯 비운다

동해 바다가 술잔 속에 출렁인다

허구한 날 그들이 그리워지면
허구한 날 사랑이 보고파지면
'삼척솔비치리조트'에서 맞이한 아침 해처럼
오래오래 감탄하며 사랑하겠네

* 허구한 날 : 강원도 삼척시 대학로에 있으며 문어숙회가 맛있는 소박한 술집.

길고양이 밥 주는 시인
— 문우 김영채

소주 한 잔 담을 만큼 '작은 바다 민박집'
삼척 후진항 대근이 엄마 민박집으로 부를까
길고양이들 밥 주는 엄마 집으로 부를까
시 잘 쓰는 시인의 민박집으로 부르자

대학에서 국문학을 함께 공부할 때
동해 강릉을 오가며 운전기사를 자처하고
시인들 뒷 담화를 해도 탈 날 일도 없다

삼척에 와서 민박집 주인이 궁금하다면
삼척동자에게 물어보면 금방 알 수 있다
커피 장사는 다람쥐 눈곱만큼만 하고
길고양이들에게 집 한 채는 들이민 것 같다며
농담 반 진담 반을 시로 쓰는 오랜 문우
별빛 흐르는 밤엔 길고양이들 밥 주는 시인

내 슬픈 전설의 22페이지
— 화가 천경자 그림 전시

꽃핀 자리는 영원히 지지 않는다

아픈 목련 손목에 새순이 돋고
몸 구석구석에 목련꽃이 핀다

꽃의 여신 플로라에게
뱀과 꽃을 머리에 얹은 것도
운명적 사랑이 찾아온 이유다

4월 청명 날, 덕수궁 돌담길에서
내 슬픈 전설의 22페이지*를 지우고
내 기쁜 전설의 52페이지 뱀 63마리 그린다

그림 생태**가 기쁜 전설로 완성되던 날
정동 전망대 낮달이 찬란하고 눈부시다

벚꽃이 바람에 흘러내린다
저만치 거리를 두고 그려도 꿈만 같은데

회현역 3번 출구 510페이지 새 그림이다

화사花絲하다

덕분에 다정한 내막이다

*내 슬픈 전설의 22페이지: 화가 천경자가 22살 때의 자신 과거를 회상하며, 54세에 그린 자화상 천경자의 대표작품.

**생태: 화가 천경자가 수십 마리의 뱀을 그린 후, 성냥개비를 놓아 세어보니 33마리, 사랑하던 뱀띠 남자의 나이에 맞추어 2마리 더 그려 뱀 35마리 완성한 대표작품.

시 쓰는 애인
— 이상국 시인 고희연

시를 쓰는 이는 사랑하기에 좋습니다
애인으로 속초에 사는 이상국 시인을 두었습니다

이십 년 지기 애인을 지금껏 몰래 숨겨왔으니
탈 날 일도, 딱히 책임질 일도 없습니다

애인은 사랑이 무엇인지 아는 분이지요
애인을 따라나선 한 잎의 해연풍 같은 여자

대학에서 국문학을 전공하며 홀망했지요
기말시험 볼 때 다들 슬쩍 커닝하는데
죽어라 '뿔을 적시며' 정답을 쓰던 애인

애인의 눈은 한계령 넘어 양양 두메산골
묵묵히 논밭 일구는 소의 눈을 닮았습니다
새해마다 친필로 연하장을 보내는 다정한 애인

둘이 문학 행사장 다녀오는 길에

농담이라도 단 한 번도 손잡아 준 일 없으니
지금껏 묵묵히 따라오면서 실망했지요
연애는 하지 않고 시만 쓰는 애인
지난봄 '우리는 읍으로 가서'
헤어지고 말았습니다

나이 오십 줄에 들어서야 깨달습니다
시 쓰는 애인의 사랑은 아무도 가지 않은
숫눈길이라는 것을

시만 꾸역꾸역 쓰는 애인의 참사랑은
내설악 얼음장 아래 흐르는 시냇물 소리와
봄 새순의 발자국에 있었습니다

능소화 피는 계절을 사랑하네

능소화가 환한 미소 지으며
장현 저수지 노을 바라보며 서 있습니다

별빛 하염없이 쏟아지는 꽃 피는 계절
각별히 당신을 사랑을 하게 될지도 모릅니다

종일 소나기가 능소화 살결에 가 닿으면
순긋 바다로 가는 창문을 살짝 열어 두세요

불면의 밤을 견딘 능소화가 한꺼번에
당신 곁에 와락 숨어들지도 모르니까요

폭염과 폭우를 그대와 나 사이에 두고
격정의 능소화 피는 계절을 사랑하네

물외
— 어머니

원추리 웃자란 거름더미 물외는 잘 열린다
햇고추 물외미역냉국과 감자 한 소쿠리 쪄
새참으로 널평상에 내오곤 하던 어머니
오이덤불에서 식구들 눈에 띄지 않았던 물외
소나기 한나절 퍼붓고, 꿀벌 다녀가고 나면
외밭은 팔뚝 같은 노각들이 빗발친다
어머니는 물외 한 세숫대야에 던져 넣고
외씨 촘촘한 물외 속을 파내곤 했는데
고추잠자리 외밭에 겅중겅중 뛸 때
물외 한 꼭지 베어 문 어머니 입가에
노란 외꽃이 피고 있었다

사랑한다는 말을 쏱았지

허물없는 사이가 되면 함께 가보고 싶은, 청도
전유성 짬뽕을 먹을 수 있다는 풍문을 듣고

속살 볼 겨를도 없는 살결 흰 복숭아밭
그대 속마음이 진정 궁금하여라
유등연지 홍련 옆구리를 슬쩍 꼬드긴다

짬뽕 국물이 입가에 흐른 줄도 모르고
별안간 쏱아지는 소나기 한 줌으로 대충 닦고
천둥 열 됫박 뒤집어써도 변명 좀 들어보자
사랑한다는 그 말 니가 먼저 쏘다쩨*
헤어지자는 그 말도 니가 먼저 쏘다쩨

* 니가 쏘다쩨는 네가 쏱았지, 라는 경상도 사투리, 청도에 가면 피자와 짬뽕으로 유명한 식당.

쌍둥이돼지국밥

소나기 쏟아지듯 차리기 떠는 밤(栗)
잘 여문 참밤을 앞치마 가득 주워 담는다

땀으로 흥건해진 꿈자리를 떠올리며
아침밥상 머리에서 태몽을 자랑하는 내게
고목나무에 꽃 피는 것 봤냐며
동치미 국물로 속 차리라고 퉁 한 사발 건넨다

기분도 흐리고 늦은 퇴근길 별빛도 숨은 날
대연동 쌍둥이돼지국밥이 먹고 싶다
술병은 자빠뜨려도 당신 손목 놓치고 싶지 않다

이마를 맞대고 쌍둥이돼지국밥 비운 것 말고
열 달 후, 당신 눈매 쏙 닮은 늦둥이가
산목련처럼 활짝 피어나면 좋겠다고
그런 바람(望)이 가을 내내 굴뚝같다

4부

동해 소금길

나의 소금별 어린왕자에게
제가 어릴 적 아버지가 저에게 들려준 백두대간
동해 소금길 이야기를 편지로 전합니다

동해 소금길은 지금의 동해시가 탄생하기 전, 강원도 삼척군 북평읍 북평장터에서 구입한 소금을 임계장터나 정선장터 등 영서지역으로 나르기 위해 백두대간을 중심으로 영동과 영서를 잇던 고갯길(嶺)에서 유래 되었지요 소금짐을 머리에 이고 지게에 지고 백두대간 고갯길 넘나들었던 옛 선조들의 애환과 삶의 이야기가 고스란히 보존되어 있어 의미 있는 고갯길이지요

동해 소금길은 강원도 동해시 신흥동 서학골 입구에서 출발해 원방재를 넘어 정선군 임계면 가목리까지 이어지는 등산 코스로 최근 산사람들 발길이 많이 닿지요

백두대간 마루금에서 동쪽 방향으로 힘차게 용맥을 형성하여 배산임수 최고의 산인 서학산과 백두대간 마루

금에서 천수상이며, 산세가 아름답고 빼어나서 학이 놀다 간다는 서학골 상월산은 비룡음수형 혈지의 주봉으로써, 여의주 괘병산 하늘의 기운을 받아 장수공깃돌바위와 망바위에 생기를 전했다고 하는 신성한 산이지요 특히, 상월산 꼭대기에 뜬 보름달이 예뻐서 아버지와 어머니는 종종 두꺼비바위에 앉아 달구경을 하며, 두견주를 마시곤 했어요

원추리 비비추 채송화 애기똥풀 맨드라미가 목을 쭉 빼고 기다리는 신홍마을 어귀에는 나의 모교 삼홍초등학교가 있어요 학생 수가 줄어 폐교되고 지금은 고시원으로 변경되었지요 어릴 적 코흘리개 친구들 웃음소리와 추억만 남아있는 곳이지요 학교 정문에서 서학골 다리를 건너면 동해 소금길이 시작되지요 이참에 우리 큰댁 이야길 좀 할까요 지금은 큰어머니가 혼자 대궐 같은 기와집에 살고 있어요 어릴 때 큰댁에 들러 책가방을 마루에 던져놓고 옥대놀이 자치기 공놀이 숨바꼭질 등 대숲에서 바람 소릴 들으며 유년을 보냈습니다

종종 큰아버지가 술을 마실 때는 사촌 오빠들 정국이, 정복이, 정순이, 그리고 정녀 언니와 정호는 대밭이나 작은댁으로 도망을 갔지요 큰아버지는 가끔 저에게만 용돈을 주셨어요 오백 원 지폐를 꼬깃꼬깃 호주머니에서 꺼내 주곤 했어요 이번엔 작은댁 이야기를 해볼게요 작은아버지는 참 부지런했어요 특히, 엄마에게는 둘도 없는 좋은 시동생이지요 농촌에 시집와서 농사일로 고생하는 형수를 위해 쌍용양회가 쉬는 날엔 골말에 올라와 형수의 농사를 돕곤 했어요

지금 작은어머니는 몸이 편찮은 관계로 포항 정갑이 오빠 댁으로 갔어요 작은어머니는 제센 엄마와 같아요 어린 애가 십리 길을 걸어 학교에 오가는 것을 안타까워하며 밥을 차려주곤 했지요 작은어머니가 해주던 따끈한 이밥은 사랑이지요 나는 작은어머니의 딸로 태어나고 싶다고 생각한 적도 있어요 작은어머니가 빨리 쾌유해 고향으로 돌아오면 좋겠어요

작은어머니가 부재중인 빈집을 소쩍새나 고향 다람쥐가 지키고 있어요 가끔씩 정갑이 오빠와 월숙이, 명숙이, 현숙이가 놀러 오곤 하지요 큰어머니와 작은어머니는 대문을 활짝 열어놓고 학교 갔다가 돌아오는 제게 고봉밥을 먹이곤 했어요

굽이굽이 소금길 따라 마을 걷다 보면 채송화가 손을 흔들고 찔레와 비비추 애기똥풀 날다람쥐가 인사를 하지요 상월산 바라보고 걷다 보면 남서학길 좌측 다리를 건너면 산 밑에 우리 작은아버지가 살고 있어요 작은아버지는 저희 아버지와 의형제를 맺은 분이지요 어릴 때 저는 산밑집 작은아버지 댁에 부모님이랑 제사를 모시러 가곤 했어요 아침에 일어나면 작은어머니는 제사음식을 제 도시락 한가득 싸주셨어요 나는 푸짐한 도시락을 학교에 가져가 친구들과 나눠먹곤 했어요

이제 용소폭포 이야기를 해볼까요 내 친구 영숙이네 집

과 계화네 집을 지나 한참 더 걸어서 송이가 많이 나는 머들솔밭을 지나고 참밤나무 숲에서 왼쪽 태봉 또는 천마봉이라 불리는 용마봉 등선을 바라봐야 용소폭포가 반긴답니다

이 폭포는 상월산과 서학산 발원수가 합수하여 서출 동래한 정동향의 사선형 폭포이지요 옛날에 장수가 타고 다니던 용이 살았다는 전설이 있으니 깊은 물속 암반에는 용이 드나들던 수굴이 있는데, 서학골 마을에 가뭄이 들어 농사가 되지 않을 때는 동네 어른들이 손 없는 길일을 받아 기우제를 지내던 곳이랍니다

나는 용소폭포 아래 개울에서 오빠랑 멱도 감고 용고기 탱수 등 천렵을 하며 놀았지요 겨울엔 아버지랑 오빠랑 개구리를 잡아서 구워먹기도 했어요 가끔은 털게가 멋모르고 잡히기도 해요 털게를 구워 먹고 나면 다음날 입 주변이 한가득 털이 심어져서 입이 한 짐이 되지요 그래서 아는 사람은 다 알아요 털게는 잡아서 구워먹지 않고

된장국 끓일 때 국물로 사용하지요

뾰족하고 얄궂게도 생긴 뾰주리 감나무와 호두나무 참밤나무가 서 있는 우리 집 마당에 암두꺼비바위가 있는데요 상월산 정상에 숨겨두었던 장수공깃돌이 주군이 죽음에 이르자 하늘 높이 날아올라 현재의 위치에 암두꺼비바위로 환생했대요 정동쪽 방향으로 향하고 있어요

이 암두꺼비바위는 충절과 다산 재복을 상징한다고 해요 주변에 많은 바위들과 함께 장수공깃돌 바위를 지키고 있어요 우리는 두꺼비 바위에 올라가서 참밤을 따기도 하고, 날다람쥐 족제비, 땅두더지랑 숨바꼭질 놀이를 하며 놀았어요 어머니는 종종 두꺼비 바위 밑에다 볏짚이나 농사지은 옥수수 콩 깨 감자를 쟁여놓기도 했어요 가끔 엄마 심부름을 안 하거나 동생과 싸우는 날에는 두꺼비바위 앞에서 손들고 벌을 서기도 했어요

이번에는 장수공깃돌바위에 대해 이야기할게요 밤나무

와 호두나무가 서 있는 우리 집 마당에 암두꺼바위가 있는데, 그 곁에서 100m 정도 가까운 거리에 장수공깃돌바위가 있어요 마치 큰 바위가 투구를 쓴 모양 같기도 하고 진짜 장수가 공기놀이를 해서 올려놓은 것 같기도 해요 이 장수공깃돌바위는 백두대간 생태탐방로의 시발점이며 모태가 된 바위랍니다 장수 태생지로 5개의 공깃돌 중 유일한 1개가 큰 반석 위 투구 모습으로 올려져 있어요 이 바위 주변에 옛날 장수와 관련된 명소들이 많지요

특히, 1991년 MBC 베스트극장 '끈'의 촬영지로도 유명세를 타기도 했어요 실제가 제가 뛰놀며 자란 제 고향집에서 '끈' 촬영을 하면서 배우들과 방송 스텝들이 우리 집에서 지냈는데, 촬영 마치고 갈 때, MBC 로고가 씩힌 벽시계를 주었다고 해요 그 얘기의 요지는 일주일 동안 밭일 논일도 못 하고 스텝들을 챙겼는데 숙박비는 고사하고 밥값이나 수고비도 안 주고 갔다고 불만을 우리 엄마가 이야기 한 적 있는데, 아버지는 TV에 우리 집이 나오는 것만으로 영광이라며 엄마 입을 막았다고 해요

〉

이번엔 암두꺼비바위의 짝꿍이기도 한 숫두꺼비바위에 대해 얘기할게요 망바위 정상에 숨겨두었던 장수공깃돌이 주군이 죽음에 이르자, 하늘 높이 날아올라 천제당을 지나 현재의 위치에 숫두꺼비바위로 환생했다고 해요 이 바위는 정북쪽을 향하고 있으며, 주군에 대한 호위무사의 모습으로 등 위에는 아기두꺼비를 업고 있는 모습의 바위랍니다 예나 지금이나 남자가 아기를 돌보며 아내의 일손을 덜어주는 걸 보면 분명 이 숫두꺼비바위는 애처가인 것 같아요 이 바위까지 오려면 어릴 적 제 걸음걸이로는 조금 힘이 들었어요

그래서 이곳은 봄에 달래를 캐거나 참두릅이나 나물을 뜯을 때 말고는 걸음이 뜸한 바위지요 숫두꺼비바위 곁에는 가을이 되면 손단풍나무가 오가는 사람의 발목을 잡는답니다 청명한 가을날 곱게 단풍 물들 때 동해 소금길 소금별 어린왕자 당신을 초대하고 싶어요 그때는 제 손목 뿌리치지 말아요

참, 제가 장수샘이라고 부르는 장수샘물웅덩이에 대해서는 이야길 하지 않았군요 장수공깃돌 2개가 샘 입구를 막고 있는데요 여름에는 시원하고 차가운 냉기로 물맛을 달게 하고요 추운 겨울에는 따스한 온기로 옛날 장수들만 먹었다는 신비의 약숫물이기도 하지요 어릴 때 개구리 잡으러 냇가에 갔다가 손이 시리면 이 장수샘물웅덩이에서 손을 담그면 금방 손이 따스해졌어요

훗날 하천이 범람해서 마을 사람들이 샘물을 발견하였고요 서학골 사람들이 식수로 사용하기도 했어요 그런데 제가 어릴 때는 지금의 정수기와 같은 역할을 했어요 새벽에 일어나면 아버지 혹은 제가 아침 샘물을 기르러 오곤 했어요 제 위의 정대 오빠가 주말에 아주 가끔 동생을 대신해서 샘물을 떠오곤 했지요

우리 엄마는 정대 오빠에게는 심부름을 잘 시키지 않았어요 왜냐구요 오빠는 제겐 없는 불알 달고 태어났으니

까요 엄마가 오빠만 챙기는 게 은근히 부화가 나기도 했어요 어릴 때 오빠는 제가 떼를 쓰거나 울면 쪽동백나무로 자동차를 만들어 주었어요 종종 오디와 다래와 산딸기를 입에 넣어주며 업어주기도 했지요 눈이 많이 내리는 겨울엔 산토끼와 참새 잡으러 명주목이나 우등박골로 숨어들곤 했지요

백두대간 동해 소금길 이야기를 하려면 당신과 오랜 시간 함께 해야만 할 것 같아요 아직 주막터와 천제당, 선녀소, 소금짐을 지고 가는 사람들이 소금 고개를 넘으며 안녕을 기원하는 의미에서 제사를 올리고 잠시 쉬었다는 보연폭포 이야기도 아직 못했네요 계목이소, 용루폭포, 삼부연폭포, 백두대간 천수상, 천불상 이야기, 빼어난 풍광 때문에 지나가는 산새나 학이 놀다가 갔다는 서학산 이야기도 남았고요 장수능陵, 아기 용이 살면서 폭포에서 승천하기 위한 꿈을 키웠다는 작은 용소, 용수암, 용화암, 장수고인돌, 장수봉, 상월산, 명주목이, 원방재, 어깨봉, 망바위, 멧돼지바위, 개미등, 모롱고지, 두꺼비

길, 이끼쉼터도 있어요 산박쥐들의 서식지인 수렴동굴, 숯가마 이야기, 선바위 이야기도 남아 있지요

마지막으로 저만의 소중한 고갯길이자 어린왕자에게 소개하고 싶은 순비령에 대해서는 조금 아꼈다가 또 편지를 쓸게요

나의 소금별 어린왕자님?
당신과 함께 동해 소금길 걷는 날이 오겠지요
나만의 하얀 숫눈길이 되어준 당신, 나의 길눈이 되어준 당신, 순비령에서 만나는 그날까지 아프지 말고 건강하세요 조만간 당신을 백두대간 생태탐방로 동해 소금길 순비령으로 초대하고 싶어요 푸른 봄날 당신과 함께 걸으며 백두대간의 정취를 만끽하고 싶어요 그대 마음을 닮은 동해 바다 풍광도 한눈에 볼 수 있어서 벌써부터 신나는 걸요 우리 함께 새소리 물소리 진달래 피는 소리 산노루 토끼 뛰어다니는 발자국 소리 들으며 천천히 걸어 볼 것을 약속해요 많이 보고 싶습니다 동해 소금길에

가장 먼저 초대하고 싶은 어린왕자님? 그대가 나에게 들려준「고향 호두나무 그네」라는 시 한 편을 적어 보냅니다. 고향에서도 나그네였던 그대가/ 나의 그네에 앉습니다/ 나의 그네에서 나의 그대가 된 지금/ 그대는 이제 타향에서도 나그네가 아닙니다/ 그대를 껴안고 오롯이 품어/ 그대 그네임이 자랑스러운 나/ 그네에 온전히 몸을 맡기어/ 얽매임이 고마운 그대/ 그대나 나나/ 그래요 소금꽃 하얗게 핀 순비령에 접어들어 첫눈 기다리듯 당신을 손꼽아 기다리겠습니다

2019년 봄날, 동해 소금길에서 애리별 올림

테헤란 소식

새순 연둣빛 생명력이 찬란한 봄날
눈망울 꽃망울 봄망울 가득합니다
벚꽃의 고운 자태 터질 것 같은 마음
달콤한 꽃 속에 망울망울 젖어봅니다

조로아스터교를 믿었던 사람들은
낮과 밤의 길이가 같은 춘분(3월 21일)을
새해 첫날, 즉 노루즈NOWRUZ라고 해서
온 가족이 모여 축제를 벌인답니다
유네스코는 테헤란의 노루즈 축제를
세계무형문화유산으로 지정했다고 해요

자연의 섭리를 그대로 받아들여
삶에 녹여낸 지혜가 아닐 수 없습니다
오늘 낮이 밤보다 길어진 첫날입니다
단단한 껍데기를 깨고 새순이 솟는 오늘
함께 축하하며 즐길 수 있어 행복합니다

눈먼 사랑*

— 자화상shin

허난설헌 뜰 능소화가 폭염에 지친 날
동굴에 갇힌 눈은 안개처럼 흐려
코앞 볼 수 없는 일상을 견디는 내게
폭염을 녹여줄 시원한 소나기 찾아온다

눈 대신 몸을 통해 세상을 본다
눈을 통해 당신 미소를 다시 볼 수 있을까
박쥐처럼 동굴 속에 정지된 내 그림자
풀잎소나기 냄새를 그리워한다

능소화 피는 계절을 사랑하는 여자
소나기 오는 날, 비에 젖는 그대만의 여자
눈 대신 몸으로 대관령 반정을 오를 수 있을까
소돌항 눈사람을 다시 볼 수 있을까
기뻐서 흘리는 눈물엔 단물이 가득 고인다

* 눈먼 사랑: 잠시 앞을 못 보던 시절, 세상을 원망하며 사람을 멀리할 때, 손목 잡아준 소돌항 눈사람 고맙습니다.

참지누아리
— 사랑

불혹을 지나 곧 폐경이 올지도 모를 여자가 무슨 연애 맛을 알겠냐만, 밥숟가락을 들고 애인에게 참지누아리를 얹어달라고 하는 것을 보면, 끈덕지게 착 달라붙는 참지누아리 지네발처럼 서로 피를 통하고 몸을 통해 전해지는 연애 맛이 동해 소금길 걷는 소금별 소년에게 따로 참맛이 있는 것이다

명색이 시인의 애인이 죽을 때까지 꼭 시로 쓰고 싶은 것이 있었으니, 그게 바로 연애의 참맛과 같은 이 오묘한 참지누아리 맛이다 첫사랑을 경험하며 자란 동해 소금길에서 참지누아리 그 연애의 빛깔이 동해 바다 물빛만큼이나 만날 때 층층이 달라서 물속에 잠겼다 떠오르는 해와 달의 흔적을 다 머금고 있는 것 같고, 금진항 헌화로 합궁골 바다 맛이 겹겹이 찰지고 뜨거워서 마치 칠월 칠석 견우와 직녀가 만나는 것과 같다

거기에는 평생 그대를 향한 간절함으로 애간장이 다 녹은 사람의 구절양장 같은 첫사랑이자 마지막 사랑이 남

아 있어서, 씹으면 씹을수록 해와 달이 동해 바다 속으로 잠겼다 떠오르는 것을 되풀이하는 것이다 사랑하면 할수록 애인의 해와 달이 동해 바다 속으로 스며들었다 떠오르는 것이 반복되니, 누군들 이 첩첩疊疊하고 아름답고도 맛있는 심곡항과 금진항 바다를 오고며 뜨거웠던 연애 맛의 빛깔을 어떻게 시에 다 표현할 수 있겠는가

먼 훗날 당신을 향한 사랑의 빛깔을 다 볼 수 없을지라도, 사랑의 기쁨과 사랑의 고통에 대하여 함께 나누게 되지 못할지라도, 늙어 가는 애인의 이름을 부르면 자꾸만 참 계집아이라고 들리고 마는 환청의 날 온다고 해도 두렵지 않겠다 오늘처럼 당신이 애인의 고봉밥에 얹어주던 이 참지누아리 맛으로 세상을 사랑하면 좋겠다 그리하여 강릉 초당 '차현희 순두부 청국장집'에서 먹은 순두부 맛 같이, 순수한 그대 사랑 맛에 참 행복하다고 고백한다

오늘처럼 애인에게 생선뼈를 발라주던 손길을 어찌 잊

을 수 있을까마는, 내가 당신의 여자이고, 그대가 나의 남자임을 기억하는 하는 한, 동해 소금길 걸어 고향 장독대에 박힌 참지누아리 장아찌 맛이 몸에 배어 있는 한, 우리는 영원히 함께하는 것이다 그리하여 천천히 단오 그네를 타면서 동해 바다 속에 잠겼다 떠오르는 해와 달의 노래에 고개 끄덕이며, 지누아리** 같이 맛깔스러운 사랑이 영원히 진행되는 것이다 참지누아리 몸의 맛을 먼저 안 것 같이, 그대 몸 먼저 바다를 허락한 진실한 연애의 참 맛이다

* 참지누아리 : 꽃지누아리, 지네지누아리, 개지누아리, 넓은 지누아리, 털지누아리 등의 명칭이 있으며, 어릴 때 된장이나 고추장 단지에 박아서 지누아리 장아찌로 먹거나, 새콤달콤 무침으로도 먹었던 동해안에서 자라는 해조류 이름.

** 이홍섭 시인의 시 제목 지누아리.

도원리 복사꽃
— 스승님

아픈 손목을 어루만지며
도원리 무릉도원 찾아 나선다
큰 산불에도 복사꽃 용케 안녕하다

화마로 검게 탄 나뭇가지
집과 일터를 잃은 사람들

운전도 못 할 만큼 아픈 손목과
다시 실명이 될지도 모를 아픈 눈같이
안 되어 보이거나 아픈 것에 맘이 머문다

속이 다 탄 복사꽃에 눈길이 멈춘다
아파하는 사람에게 마음이 간다

사랑 안에서 '배움과 앎'이 하나 되기를
힘들 때나 즐거울 때도 함께 가자 이 선생

보슬비해장국

송호리 노을이 그대 입술처럼 붉다

보슬비해장국 끓여 속을 달래주던 황 시인
배앓이 할까봐 이불 덮어주던 윤 시인

영동의 달은 만삭의 산모처럼 둥글고
동해에서 가져간 조껍데기술을 비우느라
영국寺의 접동새도 사람들에게 취하는 밤

부대끼는 속 달래기엔 보슬비가 최고
애기재첩이나 민물고둥이라 불러도 좋다

했던 말 또 하고, 했던 말 받아 주는 사이
아침 해가 천태산 중턱에 걸린다

보슬비 한 그릇에 해장술이 생각나고
오늘처럼 보슬비 내리는 날
몹쓸 사랑이 생각나고

몹쓸 그리움이 밀려오고

시는 안 쓰고 밤새 술병만 눕힌
시인들의 안부가 궁금해진다

* 보슬비: 재첩, 가막조개, 갱조개, 다슬기, 애기재첩, 재치, 민물고둥이라고 불리는데, 충청도 방언으로 베톨올갱이 또는 보슬비라고 부른다.

고욤나무감나무 접붙이기

밑둥치가 잘려나가는 갈음질 해야 한다

온전한 동침을 위해서는
고욤의 떫은 과거는 잊어야 한다

햇감의 떫은맛이야 정붙이고 나면
달디 단 감꽃 세상 열릴 게 분명한데

아가 낫 가지고 감나무 우듬지 꺾어 오너라
아주 튼실한 나뭇가지로 말이다
아버지의 주문이 떨어지면, 어머니는
고욤나무 밑동에 감 나뭇가지 접을 정성껏 하고
비닐로 잘 싸맨 후 신접살림을 축하한다

몇 년 후, 감꽃이 몽실몽실 피고 나서
감나무에 가을 달별이 주렁주렁 열리겠지

꽃말

강의 마치고 잠시 쉬는 시간
마리아관 화단에 네 잎 토끼풀을 만난다
주목나무와 청단풍도 마주 보며 푸르다
토끼풀 초록이 하늘까지 푸르다
하얀 토끼가 껑충껑충 뛰어다닌다

나는 꽃의 말을 듣는다

세 잎 토끼풀 꽃말은 만나서 행복해
네 잎 토끼풀 꽃말은 앞날에 행운이 가득하길
다섯 잎 토끼풀 꽃말 우리 학교가 더욱 발전하기를
여섯 잎 토끼풀 꽃말은 하느님 은총이 가득하길

꽃의 말도 시처럼 받아들이겠네
학생들 이야기도 꽃말처럼 받아들이겠네

물깨말 구구리길

물봉숭아가 안개 위로 아슴아슴 깨금발 든다
개망초 하늘나리도 군데군데 붉은
추적추적 젖고 싶은 생의 어느 길목

굽이굽이 구구리길 따라 물깨말 강촌리 간다
장맛비 견딘 하지 감자꽃 하얗게 흘러가는
검봉산 봉화산 구곡폭포 따라 걷다 보면
문배마을 우북이 나물밥에 걸음 멈추는 봄내

적막하게 띄엄띄엄 울적하게 걷다보면
다리골막국수집 복슬강아지가 마중 나오고
이따금 귀를 종그리는 휘파람도 함께 하는 곳
춘천 닭갈비에 문배주酒 두어 병 눕히면
낮달도 어깨동무하는 물깨말 구구리길

삼인행 필유아사*

교정에 목련 필 때 만나서 능소화 질 때 이별한다 단풍 들 때 만나 첫눈 올 때 작별한다 매년 두 번의 만남과 두 번의 헤어짐 이렇게 헤어지는 일은 참 못할 일이다 가르치다가 내가 너희들한테 더 많이 배우고 너희들 혼내려다가 내가 교탁 귀퉁이처럼 먼저 울고 마는 전공까지 바꿔 같은 길 걷는 재훈이, 교생실습 가기 전 인사하러 온 윤희와 가영이, 도서관에서 커피 건네준 정원이, 종강하는 날 헤어지기 싫다며 품에 와 글썽이던 정애, 칭찬 받아본 건 교수님이 처음이라고 말하던 현재, 연애하느라 발표 자료를 못 했다고 고갤 숙이던 경호, 매년 새해 인사를 잊지 않는 진아, 너희들 모두가 내 스승이다

* 三人行 必有我師 : 세 사람이 길을 가면 반드시 나의 스승이 있다는 뜻, 논어에 나오는 말.

소금강 서어나무

대관령에 첫눈 온다는 소식을 손에 쥐고
연곡 소금강 서어나무 곁 시 쓰러 간다
밥이 못 되는 시가 자꾸 발아래 걸리고

서울에 사는 어느 시인과 통화를 하는데
지방 문예지에 신작시를 실으면 중앙문단에
시를 싣는 기회를 잃는다고 튕기는 한마디 듣고
치미는 분에 거꾸로 솟아오른 구룡폭포처럼
집채만 한 소금강 식당바위를 들었다 놨다

시인은 시집 백날 내봐야 배고파서 죽는다
시 한 편에 원고료 오만 원으로 쌀 한 포대를 사고
단 오백 원이 주머니 덜렁 남아도
늦어도 좋으니 짱짱한 시가 내게 오면 좋겠다

곤드레나물죽

끓는 솥단지에 막장 몇 숟가락 휘휘 풀고
쌀벌레보다 싫던 까슬까슬한 보리쌀 퍼지게 하고
곤드레, 개미추, 어수리, 취나물 같은 게 다지만
북평장에 팔리지 않으면, 갖가지 나물을
솥단지에 풀어 넣고 나물죽 끓이던 친정엄마

마음 같아선 복지개 덮은 쌀밥이
고봉으로 덮으면 좋겠지만
나물죽이 간장 종지처럼 작아지고
식구들 장독대 단지처럼 옹기종기 머릴 맞대고
입안 가득히 곤드레나물죽 먹는다

어릴 적 아침저녁으로 먹었던 나물죽에 대해
가난이 싫었던 슬픈 생의 한 모롱이
죽 팔자가 남는 장사, 곤드레나물죽이 그립다

바다열차

오징어 명태 손꽁치가 홍수처럼
묵호 똥개도 만원 지폐 물고 다녔다는
동해안 대화퇴를 들어본 적 있나요

지누아리 다시마 해조들이 숨 쉬는
거대한 바닷속 큰 산 이름, 동해대해산
사람과 자연이 공생하는 동해 바다
물고기들 잡히는 만선의 바다
해조들 푸르게 자라는 자연의 바다

사랑하는 사람아
KTX 타고 동해 바다로 놀러 오세요
강릉 하슬라역 묵호역 동해역 지나고
삼척역까지 가는 바다열차는 덤이랍니다

세상에서 제일 예쁜 말
— 사랑

당신이라는 우주 속에

하루 종일 함박눈 내립니다

밤새 눈사람 되어 기다리는

한 사 람

눈(目)사람 그리고 눈(雪)사람

당신께 꼭 하고 싶은 말

세상에서 가장 예쁜 말

세상에서 가장 귀한 말

당신께 가장 많이 하는 말

달방 가는 길

달밤이 가장 아름다운 동네 달방
그대의 첫 고백을 못 들은 척 뿌리친다

심장에 멋모르고 꽂았던 말, 사랑해
하루라도 안 보면 못살 것 같다고

살 섞고 사는 동안 아가들이 꽃 피고
목련이 하얗게 핀 달밤 그리고 달방

가족끼리는 이러는 거 아니라며
애써 아내 등을 떠미는 중년의 남자

달방 가는 길에 벚꽃이 눈부시다
그대가 좋아하는 산목련도 찬란하다

| 해설 |

장소의 정동

남기택
문학평론가, 강원대 교수

장소의 정동

남기택

1

공간은 문학작품의 배경 이전에 유기체가 선험적으로 지닌 존재 조건이기도 하다. 공간에 함의된 의사소통 과정이 문화론의 주요 범주를 형성하게 된 것은 결코 우연이 아니다. 문화인류학의 고전이 된 에드워드 홀에 따르면, 모든 유기체는 신체적 경계 외부에 존재하는 또 다른 경계를 지닌다.(『침묵의 언어』) 그것이 곧 유기체의 공간 영토요 친밀한 장소일 것이다.

인간은 자신의 영토권을 고도로 발달시키고 문화로 전유한 대표적 존재라 할 수 있다. 홀이 묘파描破한 바와 같이 인간은 수많은 경험을 통해 공간의 의사소통 기능을 체화한다. 공간에 대한 향수, 장소에 대한 집착이 서정시의 주된 발생적 맥락으로 기능해 왔던 소이는 현존재가 지닌 이러한 본질과 무관하지 않다.

공간과 장소에 대한 일반론 및 의사소통으로서의 문화적 입장을 모두에 언급하는 이유는 이애리 시집을 이해하기 위한 필연적 전제가 이와 관련되기 때문이다. 『동해 소금길』은 첫 시집 『하슬라역』(2011) 이후 8년 만에 선보이는 이애리의 두 번째 시집이다. 고유한 장소성에 주목하는 시선은 이전 시집의 주요 개성이었다. 거기서 표제작으로 소환된 하슬라역은 강릉 옛 지명에서 착안한 상상의 장소로서 "동해역과 강릉역 중간 즈음에 있음직한"(「하슬라역」) 희망의 거점이다. 그곳은 스스로가 껴안은 대상을 중층적으로 변주한다. 예컨대 "심곡항 등대처럼 밤새 글썽거"리는 결구는 존재의 현현에 대한 감각인 동시에 부박한 운명을 향한 애상이었다.

이처럼 장소성과 휴머니즘에의 천착은 이애리 시가 태동하는 생래적 지향과 같다. 그러한 관성이 『동해 소금길』에서도 여지없이 반복되고 있다. 하슬라역이 그러하듯 동해 소금길 역시 강원권 영동 지역의 고유한 장소성에 투사하려는 의도를 적실히 드러낸다. 4부로 나뉘어 배치된 60여 편의 작품들은 이러한 상징적 의미망을 대개 위배하지 않는다. 그렇게 볼 때 장소성의 전유는 초기 작품으로부터 이어진 이애리 시세계의 아비투스라 부를 만하다.

바닷가 애인의 안부가 불통일 때가 있다

해무가 덥석덥석 와 훼방을 놓거나

왁자한 해풍에 그만 옆구리 한쪽 맥없이 내줄 때
집어등 촉수 없이 회항하는 고래의 등뼈처럼
애인의 깊은 시름을 들여다볼 때
항구의 허벅지든 수변공원이든
술 한됫병 뒤집어쓴 채로 함묵하고야 마는
동해안 등대오름길 아래 묵호항

등대 불빛이 지척에 있으나 코앞이 까막바위다

불콰한 부홍 횟집 네온사인만 밤새 출렁대고
격정적 덤불 해무에 이끌려 불면의 새벽까지
애인의 아침 해는 떠오르지 않는다

파도 난간에 묶인 푸른 쓰레기봉투 몇 장이
간헐적으로 빈 술병을 더듬고 있다

—「묵호항」 전문

시집을 여는 순간부터 동해안의 전통적 장소 지표인 묵호항을 만난다. 묵호항은 바닷가 애인이 현전하는 설렘의 공간이지만, 깊은 시름과 불면의 새벽이 공명하는 설움의 장소이기도 하다. 묵호항의 호명과 동시에 환기되는 애인은 그리움의 대상 인물이겠지만, 등대오름길과 묵호항에 이르는 풍경 자체일 수도 있다. 여기서 수사의 원관념이 무엇인가에 대한 확인

보다도 중요한 것은 장소 사이사이에 집중되어 있는 물성을 체감하는 일이다.

해풍에 내주는 옆구리나 항구의 허벅지와 같은 표현은 근대 제도가 계량화한 공간 분할, 즉 사물의 시작과 끝을 주목하는 도구 감각과는 이질적인 것이다. 그렇기에 그것은 제도화된 감정feeling이나 정서emotion와 다른 이른바 정동affect의 차원이라 할 수 있다. 정동은 순간적이거나 지속적인 관계의 충돌이요 분출일 뿐만 아니라 힘과 강도의 이행이다. 그것은 인간과 비인간, 신체와 세계 사이를 순환하는 운동이자 울림 그 자체이기도 하다.(멜리사 그레그 · 그레고리 시그워스 편, 『정동 이론』) 묵호항이라는 친근한 소재는 주변 대상들 간의 접촉과 길항이라는 사물의 정동을 함의하고 있다. 익숙한 비유 속에 담긴 전복적 상상력이 주목할 만하다.

한편 「묵호항」을 관류하는 설움의 기원이 궁금할 수밖에 없는데, 그 단서는 처연한 풍경 묘사에 놓인다. 떠오르지 않는 "애인의 아침 해"는 "파도 난간에 묶인 쓰레기봉투 몇 장"과 더불어 음울한 분위기를 전조한다. 이들은 안부 부재와 같은 불통의 현재를 드러내는 시적 장치일 것이다. 그럼에도 불구하고 묵호항 풍경이 적멸의 이미지와 등치되지는 않는다. 해무나 해풍의 소란을 껴안거나 빈 술병의 고독을 더듬는 연민이 장소의 정동으로 실재하고 있기 때문이다. 그로 인해 풍경은 애인의 안부를 현전하는 물활의 장으로 전이된다. 희망이든 절망이든 추상적 가치의 선언은 사물 스스로의 감각일 수 없으며, 그런 까닭에 시적이지 않다. 시어는 사물로서의 장소에 내포된 정동을 감각케 하는 도구인 것만으로도 충분히 자신의 존재 이유에 값한다.

2

모두에 전제한 바와 같이 장소에 대한 상상은 하나의 메인 모티프로서 『동해 소금길』을 관류한다. 강원도 영동권에 거주하며 꾸준히 시작 활동을 펼쳐 왔던 이애리는 관련 지역의 풍물을 능숙하게 시적 소재로 다룬다. 「남애리항」「별지누아리 바다 사근진」「겨울 서학골」「낙산사 홍련암」「물외 ―어머니」「소금강 서어나무」 등을 통해 여러 항구와 등대, 바닷가와 고향의 사물들이 재현되고 있다.

다양한 시적 공간들은 저마다의 고유한 울림을 지닌다. 이를 일반화하는 데에는 비약이 따를 수밖에 없다. 해설의 편의상 장소 지표들이 형상화되는 방식을 재단해 보면 크게 두 가지 경향으로 분류할 수 있다. 이번 시집에서 유일하게 연작시로 배치된 「소돌항 눈사람」은 그 첫 번째 경향을 대변하는 적절한 예시일 것이다.

> 첫눈 오는 날 소돌 바다에 가면
> 거기 당신이 눈사람 되어 마중합니다
> 어깨에 쌓인 눈송이 녹아내리기 전에
> 별빛으로 손수 만든 목도리를 건넵니다

소돌 등대조차 흐려져 눈 보이지 않고
바다 색깔도 검어지다가 캄캄해져서
바닥에 주저앉아 나는 깡소주를 마시고
당신은 내 눈물을 마셨습니다

앞을 못 보는 처지에서 할 수 있는 건
새장가 가는 게 좋겠다고 맘에 없는 말 던지고
눈을 뭉쳐 소돌 바다에 던졌습니다

절벽 같은 어둠을 키우며 살던 내게
밤새 함박눈 맞으며 제 꿈을 키워준
숫눈길 당신을 사랑합니다

—「소돌항 눈사람 2」 전문

강릉 주문진에 위치한 소돌항은 화자에게 있어 극진한 친밀함의 대상으로 전제되어 있다. "첫눈 오는 날 소돌 바다에 가면"이라고 제시된 첫 행의 배경은 소돌항이라는 장소의 의미를 짐짓 우연한 사건으로 가장하기 위한 의장이다. "당신이 눈사람 되어 마중"하는 인연이 뒤의 행에 이어짐으로써 우연이 아닌 필연임을 알 수 있다. 서정적 자아, 눈, 소돌항 간의 운명과도 같은 관계는 앞뒤의 연작 시편들 속에서도 반복적으로 등장한다. 즉 "사람을 기다리면 첫눈이 먼저 옵니다"거나 "소돌항에 첫눈 내리던 날/ 눈사람 키가 세 뼘은 커졌습니다"(「소돌항 눈사람 1」)와 같은 주정적 풍경화, "내 인생에 눈사람 당신이 없었다면/ 밥벌이 안 되는 시인으로 살 수 있었을까"(「소돌항 눈사람 3」)와 같은 반성적 자화상 등에서 눈과 소돌항 간의 선험적 운명이 각인되어 있다.

또한 '눈사람'이라는 상징은 절대적 가치가 인격화된 형상으로 시집 내부에 배치된다. 예컨대 "겨울에 들어 순비령에 함박눈 내리면/ 더할 나위 없이 함께 눈사람 되리"(「순비령」), "눈 대신 몸으로 대관령 반정 오를 수 있을까/ 소돌항 눈사람 다시 볼 수 있을까/ 기뻐서 흘리는 눈물엔 단물이 가득 고인다"(「눈먼 사랑」), "당신이라는 우주 속에// 하루 종일 함박눈 내립니다// 밤새 눈사람 되어 기다리는// 한 사람"(「세상에서 제일 예쁜 말—사랑」) 등은 눈사람에 부여된 의미를 숨김없이 드러내고 있다. 그런 눈사람의 마중을 현현하는 공간이기에 소돌항은 필연의 장소성을 생성하는 것이다.

「소돌항 눈사람 2」에서 2연 이하의 시상을 이끄는 암흑 이미지는 항구의 낭만적 풍경을 존재론적 차원으로 변주하는 기제로 작동한다. "앞을 못 보는 처지"는 어둠의 극단적 양태에 비견된다. 전기적 배경을 참고하자면 시인이 실제 겪었던 실명의 위기가 주조한 시적 양상이기도 하다. 시인의 상처는 위에 예시한 바와 같이 눈 대신 몸을 통해 감각해야 했던 시간으로 재현된 바 있다. 캄캄한 바다는 실재하되 적멸이어야 하는 비극적 존재를 감각적으로 환기한다. 그럼에도 불구하고 스스로의 운명을 지양함으로써 현존재의 가치를 실현하는 정황은 상투적 서정에 담긴 사유의 깊이를 증거하기에 충분하다.

「소돌항 눈사람」 연작이 파생하는 또 하나의 재미는 일종의 언어유희에 있다. 눈雪은 겨울이라는 시간과 염결한 정신을 상징하는 동시에 눈目과 같은 감각의 거점으로 변주된다. 그런 눈사람을 애인으로 삼은 배경으로서의 소돌항이기에 별빛으로 짠 목도리를 주고받는 공감각적 장이 결코 어색하지 않다. 또한 눈과 바다는 상극의 대립물이기도 하다. 바다의 수분과 염기에 닿는 순간 눈이라는 결정체는 그 존재가 사라지기 때문이다.

눈사람은 이 모순적 관계를 함의하는 중층적 대상으로도 기능한다. 따라서 눈을 뭉쳐 바다에 던지는 행위는 스스로를 바다에 기투함으로써 현존재를 지양하는 행위로 해석될 수 있다. 이런 맥락에서 눈사람은 형해가 사라진 존재요 사랑의 실천이라는 추상을 가시화하는 구상태가 된다.

이상의 소돌항 이미지는 서정적 자아의 내면으로 전유된 장소 양상을 대변한다. 서정시의 발생론적 운명과 적실히 유비되는 국면이다. 주지하는 바와 같이 미적 근대라는 공준을 배경으로 보편화된 시 장르는 단형 서정의 외형과 동일자의 시선을 발생 원리로 지니고 있다.

이애리 시에 등장하는 다수의 장소들은 서정적 화자의 시선 내부로 전유된다. 장소를 소재로 하는 많은 시편들이 결국 '그대'와 '당신'을 설정한 연가풍 목가로 수렴되는 구조 역시 같은 맥락으로 설명될 수 있다. 반면에 주관적 개입을 최대한 배제하고, 장소가 지닌 물성과 물활론의 지평 자체에 주목하는 양상이 존재한다. 다양한 장소 지표가 형상화되는 두 번째 경향이 바로 그것이다.

철갑령 우직한 소들이 워낭 소리 울리며
우암진 나루터 소돌에 이부자릴 편다
빨간 소돌 등대 불빛도 눈감아 주는 곳

제주에서 시집온 임 할머니
마당에 금줄 치고 백일기도 끝에
떡두꺼비 같은 아들 잉태한 아들바위

서낭당 옆 해당화 신목神木은
몇 번이고 고맙다며, 복사꽃 나뭇가지
뭉치를 흔들며 치성드린다

마음보다 몸 먼저 품어주는 바다
이참에 아들딸 구별 말고
소돌항 딸바위라도 덜컹 수태한다면
열 달 후, 황소 눈처럼 둥그런 아기가
바닷가에 뛰노는 옛 우암진항

—「소돌항 아들바위」 전문

위는 소돌항에 위치한 아들바위를 소재로 한 작품이다. 아들바위에 얽힌 설화를 바탕으로 자연이 지닌 물성을 담담히 진술하고 있다. 일억 오천만 년 전에 지각변동으로 인하여 지상에 솟은 바위라고 하니 그 자체로 태고의 신비가 각인된 대상이라 하겠다. 마지막 연에 거론된 우암진항은 소돌항의 옛 이름이다.

'소돌'은 '우암牛巖'의 우리말인 셈인데, 지역 주민들의 선호도에 따라 2008년에 항명을 변경하였다. 아들바위는 코끼리처럼 생겼다 하여 코끼리바위, 소원을 빌면 이루어진다고 하여 소원바위라고도 불렀다. 자식을 원하는 사람이 기도하여 아들을 낳았다는 전설이 있어 아들바위로 특화되었다고 한다. 자연물에 가미된 토테미즘과 그와 관련된 지역의 역사를 간직한 장소 지표가 아닐 수 없다.

소와의 인연은 아들바위와 소돌항이 소재한 이곳 마을의 로컬 히스토리로 확장된다. 소돌 마을이라는 이름부터가 큰 소가 누워 있는 모습을 닮았다 해서 생겨난 것이기 때문이다. 실로 마을의 형상은 소가 동쪽으로 머리를 두고 앉아 있는 모양새이다. 명명에 담긴 실정, 장소의 역사를 엿볼 수 있는 형국이다. 마지막 연에서 딸바위와 관련된 상상은 동일자의 시선을 드러내는 언표로서 여지없이 화자의 내면이 개입되는 장면이다. 그럼에도 불구하고 위 작품은 자아의 주관보다는 자연의 물성, 대상의 정동 자체가 전경화 되는 감각적 지평에 비견될 만하다.

물회로 유명한 주문진 사천항 가기 전
달구경 하기 가장 좋은 순포 바닷가에
점박이물범 내외가 살았습니다

낮에는 오리바위와 왜가리바위를 오가며
지누아리 난바다곤쟁이 고래가 자맥질하고
밤엔 가시연잎배 타고 경포대에 올라
그대 눈동자에 뜬 달과 고누놀이를 합니다

언제부터 물범이 놀던 바다는 사라지고
불온한 사람의 개발공사로 하여금
그 많던 오징어 명태도 보기 힘듭니다

—「순포 점박이물범」 부분

이 작품 역시 장소의 실정과 물성 자체가 부각되는 한 양상이다. 강릉 사천 순포 해변은 물범의 서식지로도 알려져 있다. 「순포 점박이물범」은 물범과 주변 자연물과의 조화로운 삶을 형상화한다. 그리하여 오리바위, 왜가리바위, 지누아리, 난바다곤쟁이, 가시연잎, 순채 등의 자연물이 물범과 어울려 구성해 내는 공동체적 장소의 질서를 감각케 한다. 자연 본연의 조화로운 풍경이기도 하다.

여기서 주목되는 시적 요소는 변주된 물성의 차원이다. 순포 해변의 현재는 난개발과 관광 상품화 추세에 따라 조화로운 생태계 질서를 유지하기 어려운 실정에 이르렀다. 그러한 장소의 실정성이 위의 묘사를 통해 전경화된다. 이전 시집에서도 "그리움인들 없겠냐만/ 논밭 갈던 보습과 빈 마구간의 소 울음/ 소여물 끓이던 큰 가마솥에서/ 빨가벗고 목욕하던 추억만 있을 뿐"(「우시장」, 『하슬라역』)이라는 정경을 볼 수 있었다. 이는 도시산업의 진행에 따라 이제는 더 이상 찾아볼 수 없게 된 동해 북평 우시장의 역사를 형상화한 맥락이다. 그와 같이 강원도 영동 지역의 서정적 장소 지표들 속에 내재되어 있는 안타까운 실정을 내면화하는 구조는 이애리 시의 발생론적 메커니즘 중 하나였다. 위의 「순포 점박이물범」 역시 이러한 관성 위에 조직된 작품으로 볼 수 있다.

객관적 물성을 향한 시선은 생태론적 인식을 동반한다. 오늘날의 실정에 비추어 볼 때 자본의 보편화에 따른 환경오염 문제는 남다른 사실이 아니다. 자본의 논리는 필연적으로 공간과 장소를 제도적으로 구획한다. 르페브르에 따르면 공간은 사회적 관계를 내포하고 있다. 공간은 대상들과 생산물들이 맺고 있는 관계의 총체이기도 하다.(『공간의 생산』) 문제는 그로부터 파생되는 폭력적 지정학이다. 물범을 위시한 주변 생태가 직면한 현실의 처연함은 이를 고발하는 이미지에 다름 아니다.

장소에 대한 묘사는 지정학적 공간에 대한 반성을 동반한다는 점에서 철학적이기도 하다. 자연의 본령을 내면화하는 수많은 시적 양태가 존재한다. 이때 인간의 관점을 넘어 자연과 장소가 합일되는 사물화의 지평을 유지하는 입장은 간단히 선취될 태도가 아니다. 공간에 대한 내밀한 성찰이 병행되어야 하는 이유가 여기에 있다. 르페브르식으로 비유하자면 시는 무엇보다 '작품'이어야 한다. 작품은 대체 불가능하고 유일한 것인 반면 상품 혹은 생산물은 반복이 가능하다. 자연이 창조하는 것은 작품이요, 시는 그 대리물일 수 있다. 작품으로서의 자연과 시는 이성적인 운산 결과라기보다는 사물의 정동을 감각하고자 견디는 무수한 시간 속에서 태동하는 문학적 사건일 것이다.

3

「동해 소금길」은 시집 표제가 된 작품이기도 하거니와 이야기체 문장으로 구성된 장시의 외형을 지닌 문제작이다. 그런 만큼 특별한 주목을 요한다. 24연에 이르는 방대한 분량의 「동해 소금길」은 존칭형 서술어미를 통해 동화적 분위기를 고조하고 있으며, 동심의 순수함을 시종일관 유지하고자 한다. 긴 이야기 속에는 해당 지역의 로컬 히스토리, 다양한 장소 상징의 유래, 화자의 가족사에 얽힌 추억이 병풍처럼 펼쳐진다.

제재로 취해진 동해 소금길은 "동해시 신흥동 서학골 입구에서 출발해 원방재를 넘어 정선군 임계면 가목리까지 이어지는"(3연) 탐방로로서 "소금짐을 머리에 이고 지게에 지고 백두대간 고갯길 넘나들었던 옛 선조들의 애환과 삶의 이야기가 고스란히 보존되어"(2연) 있는 역사적 공간이다. 이곳에서 유년의 삶을 보낸 화자는 큰집과 작은집의 추억으로부터(5—6연) 용소폭포(10—12연), 암두꺼비바위(13—14연), 장수공깃돌바위(15연), 숫두꺼비바위(17—18연), 장수샘(19—20연) 등에 대한 묘사를 이어가고 있다.

> 이번에는 장수공깃돌바위에 대해 이야기할게요 밤나무와 호두나무가 서 있는 우리 집 마당에 암두꺼바위가 있는데, 그 곁에서 100m 정도 가까운 거리에 장수공깃돌바위가 있어요 마치 큰 바위가 투구를 쓴 모양 같기도 하고 진짜 장수가 공기놀이를 해서 올려놓은 것 같기도 해요 이 장수공깃돌바위는 백두대간 생태탐방로의 시발점이며 모태가 된 바위랍니다 장수 태생지로 5개의 공깃돌 중 유일한 1개가 큰 반석 위 투구 모습으로 올려져 있어요 이 바위 주변에 옛날 장수와 관련된 명소들이 많지요
>
> —「동해 소금길」 15연

흥미로운 사실은 「동해 소금길」에는 이번 시집의 주요 화소들이 곳곳에 숨어 있다는 점이다. 시집 『동해 소금길』을 관류하는 소재들이 반복적으로 활용되고 있는 것이다. 위의 인용 부분에는 장수공깃돌바위의 위치를 위시하여 관련 정보가 서술적 어조로 제시된다.

이와 같은 바위의 서사는 그 자체로 시적 긴장을 지니기 어

렵다. 하지만 인용 부분을 전후한 장면들이 하나의 이야기로 연동되면서 현대적 우화를 형성하는 수위가 서정적 긴장의 결여를 상쇄하는 「동해 소금길」의 묘미라 하겠다. 또한 그 밖의 개별 서정이 작품 사이를 넘나들며 로컬 서사를 완성하는 사후적 기제로 작동하고 있다.

동해에서도 바다와 가장 먼 동네 서학골
고등학교를 졸업할 때까지도 전깃불이 없던
호롱불 아래서 코 새까매지도록 귀신 놀이와
장수공깃돌바위가 어릴 적 놀이터였다

(중략)

곡우穀雨 내리는 밤, 아버지와 막걸리 한 잔
나누기를 즐겨하며, 흥이 많던 우리 어머니
장수바위에 쪼그리고 앉아서 달래, 냉이
두릅 다듬던 엄마 대신 코고무신 한 켤레만
밤송이를 몇 년째 품고 있다

—「장수공깃돌바위」 부분

보는 바와 같이 「장수공깃돌바위」는 화자의 유년 시절, 부모와 관련된 추억을 재현하는 작품이다. 그 아련한 이야기를 현재로 소환하는 계기가 장수공깃돌바위이다. 바위와 함께했던 삶은 과거 속으로 사라졌지만, 바위는 추억을 생성하며 여전히 현전하고 있다. 공간의 의사소통 행위는 각인된 역사이자 추억의 현재화이기도 하다. 그러한 바위는 앞서 본 바와 같이 장시 「동해 소금길」에 어김없이 등장하여 스스로의 화소를 이어가고 있다.

그 밖에도 유사한 예시는 얼마든 발견된다. "아버지가 오소리를 잡는 날/ 정대 오빠가 토끼를 잡는 날/ 노란 양은주전자 들고/ 장수샘물웅덩이에 샘물 뜨러 간다// 큰 언니는 일찍 시집가서 남의 사람 되고/ 둘째 언니는 방직공장에 돈 벌러 서울 가고/ 오빠는 태백 외삼촌 댁에서 유학하고/ 공부는 뒷전이던 막내는 집안일 잘해서/ 샘물 기르러 안 간다"(「장수샘물웅덩이」)는 장수샘이 환기하는 유년의 삶을 그리고 있다. 이 역시 "참, 제가 장수샘이라고 부르는 장수샘물웅덩이에 대해서는 이야길 하지 않았군요. 장수공깃돌 2개가 샘 입구를 막고 있는데요. 여름에는 시원하고 차가운 냉기로 물맛을 달게 하고요. 추운 겨울에는 따스한 온기로 옛날 장수들만 먹었다는 신비의 약숫물이기도 하지요. 어릴 때 개구리 잡으러 냇가에 갔다가 손이 시려우면 이 장수샘물웅덩이에서 손을 담그면 금방 손이 따스해졌어요"(「동해 소금길」 19연)와 같이 장시의 국면에서 친절하게 부기되고 있다.

위와 같은 구조로 볼 때 「동해 소금길」은 화자의 고향과 유년의 추억을 변주하는 시적 서사이자 시집 전반을 이끄는 상상력의 거점 구조물이라고 할 수 있다. 이애리 시세계의 공간

양태들이 귀속하는 시적 헤테로토피아, 즉 현실화된 유토피아적 장소의 상징이기도 한 것이다.(푸코, 『헤테로토피아』) 「동해 소금길」의 마지막 부분은 미처 다하지 못한 이야기들의 전개를 암시한다. 주막터, 천제당, 선녀소, 보연폭포, 순비령을 위시한 다양한 장소들의 재현이 예고되어 있다.(22—23연) 남은 이야기들은 앞으로의 시작을 통해 이어질 것이다.

「동해 소금길」은 '길'의 상징을 통해서도 역동적인 생명력을 담보한다. 길은 정형화된 소통의 공간이면서 동시에 미증유의 지향 방향이자 태도이기도 하다. 「동해 소금길」과 같이 산문투 장시의 외장을 취한 「참지누아리」는 길의 상징을 전유하는 연가 버전으로 시집 속에 자리한다. 여기서는 "끈덕지게 착 달라붙는 참지누아리 지네발처럼 서로 피를 통하고 몸을 통해 전해지는 연애맛이 동해 소금길 걷는 소금별 소년에게 따로 참맛이 있는 것"이라 하여 소금길을 통해 간단 없는 사랑의 지향과 태도를 약속하고 있다. 한편 「동해 소금길」은 시작 행위로써 소금길이 되고자 함을 알리는 기획이요 출사표와도 같다. 길의 정동은 시작 스스로가 되었다. 이처럼 「동해 소금길」은 장소가 전하는 애절한 복화술이자 향후 전개될 시 세계를 강제하며 우리 시대의 천일야화를 꿈꾸고 있는 듯하다.

4

지금까지 에두른 바와 같이 『동해 소금길』은 첫 시집 『하슬라역』과 더불어 가족사의 추억이나 장소와 관련된 형상화가 지배적이다. 이는 그 자체로 이애리 시세계의 특장임이 분명하다. 물론 우화적 상상력으로의 경사를 경계하며 지평을 확장하는 국면 또한 존재한다. 사물의 정동에 주목하는 이애리의 시선은 끊임없이 장소의 감각을 소환한다. 어쩔 수 없는 시인의 아비투스이기도 하다.

이러한 상상력의 역학은 언어의 운산 영역에도 그대로 적용된다. 대표적 예로 「세상에서 제일 예쁜 말 —사랑」과 같은 작품은 "당신께 꼭 하고 싶은 말// 세상에서 가장 예쁜 말// 세상에서 가장 귀한 말"을 그린다. 언어의 궁극은 부제에 명시되어 있듯이 '사랑'이다. 사랑에 대한 진솔한 지향을 가감 없이 드러내는 이 작품처럼 이애리 시편들은 비교적 쉽게 읽히는 과정 속에서 잘 조직된 짜임을 통해 시적 여운을 남긴다.

이것이 곧 시어의 주조 방식이자 동력에 해당된다. 결과적으로 시어를 세련하는 고통의 시간에 대한 공명은 이애리 시가 지닌 중요한 미덕일 수 있다. 때로는 명명 자체만으로도 파생되는 남다른 울림을 본다. 예컨대 「안돌이지돌이다래미한숨바우는 다정하다」 「참지누아리」 「물깨말 구구리길」 등의 작품은 내용을 감상하지 않더라도 고유한 표제의 발견만으로도 남다른 감동을 전한다. 이들 표제는 고유한 장소와 언어를 인식하는 계기로서의 시적 순간에 값하고 있기 때문이다.

내밀한 시적 긴장의 경계는 이따금 더 큰 지양 단계를 요구한다. 예술적 공간에 관한 철학적 성찰은 문학이 무엇보다 중

단될 수 없는 말에 연결되어 있음을 강조한다. 더더욱 시는 근원적인 차원에 가닿으려는 언어이다. 쓰는 자와 읽는 자가 열린 내밀성으로 이어질 때, 다시 말해 말하는 능력과 듣는 능력 간의 상호작용을 향해 개방된 격정의 공간이 될 때 비로소 언어는 작품이 된다.(모리스 블랑쇼, 『문학의 공간』) 그 내밀성의 정동을 향한 고투는 모든 작가에게 부여된 선험적 운명일 것이다.

절대적 가치로서의 사랑은 부정할 수 없는 정언명령과 같지만, 같은 이유로 지극히 상투적인 명제이기도 하다. 그렇기에 시의 감각적 경계를 한정하는 제한 요소로 기능할 수 있다. 『동해 소금길』의 서정적 전유 장치로서 가족, 애인, 술 등이 자주 등장하는 맥락은 내재화된 구투에 해당될지 모른다. 이때 사랑이라는 절대 가치와 범주화된 감정 표현을 넘어서기 위한 실험적 도전은 충분한 의미를 지닌다. 독자로서의 기우를 첨언하자면 낭만적 동경과 무구의 세계는 항상적인 반성 대상이기도 하다는 점이다. 장소애를 매개로 한 미적 영역이 보다 핍진한 경험을 바탕으로 확장되기를 바라는 요구는 이애리의 초기 시집으로부터 비롯되었다. 이러한 기우는 소재의 한계에 한정되지 않는다. 모티프의 반복은 언어의 반복에 연동되며, 동시에 상상력의 매너리즘과 무관하지 않다.

문학의 관성은 이애리 시세계에 국한된 문제가 아니다. 그것은 우리 시대의 시적 상상력이 함께 사유해야 할 불가분의 아포리아에 가깝다. 이애리 작품의 결 고운 시어가 재현하는 장소의 정동은 이런 난제를 기꺼이 껴안을 것이라 믿는다. 문학이 근거하는 현실은 내면을 벗어나 공통적인 것의 구성을 위한 고투, 특이성과의 마주침을 향한 개방 역시 진정한 사랑의 본령임을 지시하고 있기 때문이다. 시인의 깊은 눈동자가 전할 소금길의 미래가 벌써부터 그리워진다.

| 추천사 |

삶과 앎이 함께하는 세계

김희배
가톨릭관동대 교수

영국의 시인 딜런 토머슨에 따르면 좋은 시는 만물의 모습과 의미를 바꾸도록 도와주고, 우리 자신에 대한 앎과 우리 주변 세계에 대한 앎을 넓히도록 도와준다고 말한다.

이애리 시인의 두 번째 시집 『동해 소금길』에 대해 추천의 글을 쓰게 됨을 스승으로서 매우 기쁘게 생각한다. 이시인과는 대학원 박사과정에서 사제지간의 인연을 맺게 되었다. 언젠가 강의가 끝나갈 무렵, 이 시인으로부터 시집 『하슬라역』을 선물 받게 되었다. 나중에 안 사실이지만, 그때 이미 시인은 등단해서 왕성한 문학 활동을 하고 있었다.

이 시인은 시인이기에 앞서 한 집안의 며느리요, 아내이며, 두 자녀의 엄마, 심리상담사 그리고 대학에서 학생들을 가르치는 교수이다. 시인은 평소에 '시인의 마을'과 '사람의 마을'을 잘 아우르며 살고 있다. 그래서 그의 시에는 사람들의 살아가는 이야기가 절절히 묻어난다. 시인은 하얀 포말 일렁이는 동해 바닷가에서 자연과 더불어 '동해 소금길' 걸어 초등학교를 다녔고, 강릉 경포대, 소돌 바다, 사근진 바다, 순긋 바다, 정동진, 남애리항, 주문진, 경포호 그리고 순포 점박이물범에게 눈길 주며, 시심을 키웠다.

또한 시인은 벚꽃, 복사꽃, 고욤나무와 감나무, 능소화, 하늘말나리, 동해 소금길, 장수공깃돌바위, 장수고인돌바위, 용화암그림바위, 장수샘물웅덩이, 안반데기 마을, 안도리지돌이다래미한숨바위, 달방 가는 길, 화비령, 소돌항 아들바위, 서학골, 순비령 등 아름다운 자연과 교감하며 시로 승화한 모습을 엿볼 수 있다.

앞으로 이애리 시인이 더 높은 산을 바라보며, 더 넓은 바다를 사랑하며, 별 하나의 사랑과 달 하나의 눈물을 사랑하며, 지금처럼 '시인의 마을'과 '사람의 마을'에서 빛부신 세상을 살아가기를 소망한다.

끝으로 시집의 제목 '동해 소금길'처럼 시인은 분명 시를 통하여 세상의 빛과 소금이 되는 시인의 길과 교육자의 길을 조화롭게 발전시켜 나가리라 믿는다. 그리고 더 깊이 '청출어람'하며, 성숙한 '삶과 앎이 함께하는 세계' 속에서 살아가기를 기도한다.

시로여는세상 시인선 039

동해 소금길

펴낸날 2019년 8월 7일
지은이 이애리
펴낸이 김병옥

펴낸곳 시로여는세상
등록일 2001년 12월 7일
등록번호 성북 바 00026호
주소 02875 서울시 성북구 보문로 29다길31, 114-903
편집실 03157 서울시 종로구 종로 19(르메이에르 종로타운) B동 723호
전화 02)394-3999
이메일 2002poem@hanmail.net
블로그 http//blog.daum.net/2002poem

편집 미술 김연숙
제작 공급 토담미디어 02)2271-3335

ISBN 979-89-93541-57-1

이 시집은 강원도, 강원문화재단 후원으로 발간되었습니다.